PROSA DA CIDADE

Editor: Eduardo Lacerda

Assistentes editoriais: Amanda Vital, Angélica Marques, Gabriel Santana, Içara Bahia, João Vitor Nascimento, Rafael Arms, Ricardo Escudeiro

Capa, projeto gráfico e diagramação:
Alessandro Romio | Instagram: @romioland

Fotos: Nuno Rau

Administrativo e comercial: Pricila Gunutzmann

Assistente Administrativo: Sofia Fernandez Gunutzmann

Marketing: Beatriz Izidoro

Expedição: Sheila Gomes

Eventos: Flavio Rodrigues

Catalogação na publicação
Elaborada por Bibliotecária Janaina Ramos – CRB-8/9166

R239p Rau, Nuno

Prosa da cidade / Nuno Rau.
– São Paulo: Patuá, 2025.
184 p., fotos.; 16 X 23 cm

ISBN 978-65-281-0027-9

1. Poesia. 2. Literatura brasileira.
I. Rau, Nuno. II. Título.

CDD 869.91

Índice para catálogo sistemático
I. Poesia : Literatura brasileira

Editora Patuá – Livraria Patuscada
Rua Luís Murat, 40
Vila Madalena – São Paulo – SP
(11) 96548-0190
editorapatua@gmail.com
www.editorapatua.com.br

PROSA|DA|CIDADE

NUNO|RAU

PATUÁ
EDITORA

Sinto sempre o desejo de ampliar a minha paisagem.
Jean Starobinski

O indivíduo já não é capaz de dominar
o retrato escrito do mundo.
Hubert Fichte

Um homem se propõe a tarefa de desenhar o mundo.
Ao longo dos anos, povoa um espaço com imagens
de províncias, de reinos, de montanhas, de baías, de naus,
de ilhas, de peixes, de moradas, de instrumentos,
de astros, de cavalos, e de pessoas. Pouco antes de
morrer, descobre que esse paciente labirinto de linhas
traça a imagem de seu próprio rosto.
Jorge Luís Borges

Este livro é dedicado a

Suzana Vargas,
Eduardo Lacerda,
e Rubens de Andrade,
amigos que me ensinam muito, alegrias do encontro,

Tavinho Paes
e Mauro Santa Cecília,
in memoriam
porque alguns - ou vários - destes poemas
conversam com eles,

e a todas e todos os poetas do Mercadão de Madureira.

UMA (QUASE) ADVERTÊNCIA.

Este não é um livro de fotografias, mas de poemas. Sendo as coisas múltiplas em suas possibilidades, é também um livro sobre a deriva dos olhos riscando, com suas interrogações, a superfície das coisas, e adensando, em meio à dispersão, o pensamento-poema que submete imagens a fusões, fragmentações, novas sínteses. Tais imagens, que chamo de *fotos sujas*, são capturas feitas com meus celulares ao longo dos últimos anos; sem qualquer técnica, servem apenas para dar uma ideia dos frames que o olhar percorre no espaço urbano, combinando afeto, memória, espanto, interesse intelectual, indignação. Algumas têm relação direta com o primeiro impulso da escrita, outras são lembrança vaga dos quadros incontáveis que, turbilhonados, se convertem no objeto-poema. O espaço por onde deitei passos é uma cidade estilhaçada pelos atos do capital, tendo como fundo a luta de classes em suas formas mal reconhecidas e atravessadas por variados graus de violência – das mais sutis à pura pornografia que resvala pelo metal de todos os calibres e pelas canetas de elementos fortemente armados com cargos e diplomas, tramando a espoliação de nossas vidas em gabinetes refrigerados. Estes poemas nasceram, assim, do chão cotidiano dessa cidade ao mesmo tempo maravilhosa e qualquer-uma: São Sebastião do Rio de Janeiro. Por fim, a arte na junção entre palavra e fotogramas, neste volume, se deve a Alessandro Romio, que soube captar, com sua *tékhne*, os ritmos agora impressos nas páginas que seguem. A ele, toda a minha admiração e meu agradecimento.

O RIO
CONTINUA LINDO
O RIO
CONTINUA
O RIO
CONTINUA SENDO
ALÔ
RIO DE JANEIRO
AQUELE
ABRAÇO!
O RIO
CONTINUA LINDO
O RIO
CONTINUA LINDO
O RIO
CONTINUA LINDO
O RIO
CONTINUA SENDO
O RIO
CONTINUA SENDO

O RIO
CONTINUA SENDO
CONTINUA LINDO
O RIO
CONTINUA SENDO
CONTINUA LINDO
O RIO
CONTINUA LINDO
O RIO
CONTINUA SENDO
O RIO

A PROSA DA CIDADE

marco zero

PAISAGEM DE CIDADES IMAGINÁRIAS

Amhearst,
Stratford-upon-Avon, Nishapur,
Lisboa, Itabira, Buenos Aires, São Paulo,
Málaga, Nova York, Salvador, Pasárgada,
Recife, São Luís, Porto Alegre, Rio de Janeiro,
e você aí nessa cidade-fantasma
com o braço erguido
em frente ao muro, no espaço
do instante em que o grafite
incompreensível que sua mão
projeta é toda a sua
vida.

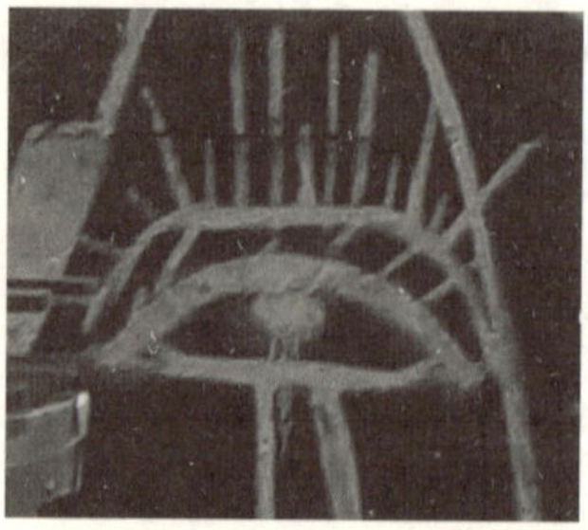

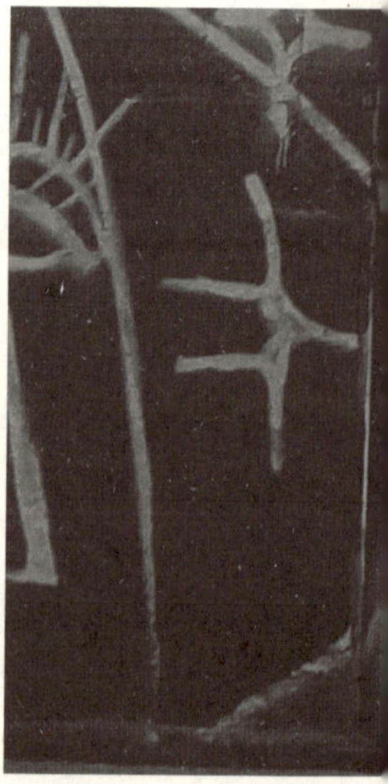

MATIZ

não dá pra chamar de plúmbeo este céu, tampouco
argênteo, que um
afunda a sua dor num espectro
engalanado e o outro
aspira a um brilho que
não tem e assim
disfarça o céu que é por tudo cinza,
apenas cinza em sua solidez e lixa
em nossos olhos o que a superfície opaca e rarefeita
aflora de áspero: resíduo, pó, rescaldo
de um incêndio, também chamado, às vezes,
vida.

ALMA

beira do poço
silêncio
o côncavo das gentes
ao mesmo tempo
espelho e
fonte

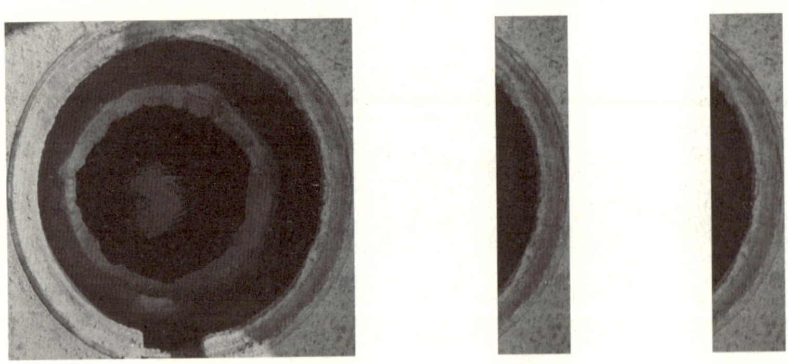

Centro
Bonsucesso
L. Amarela
Barra

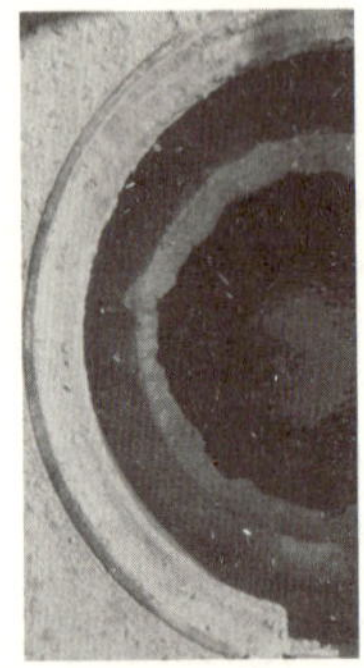

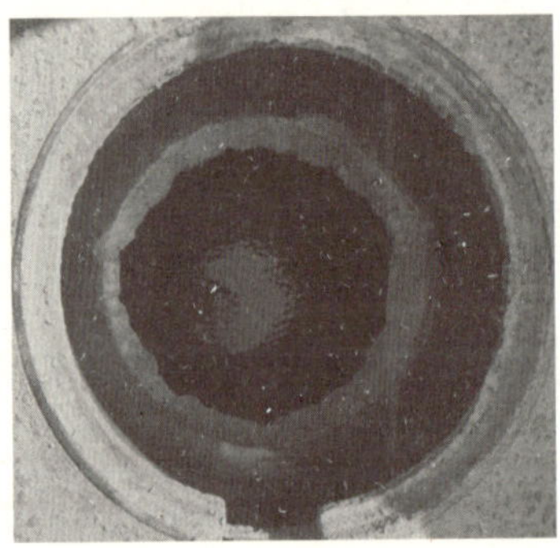

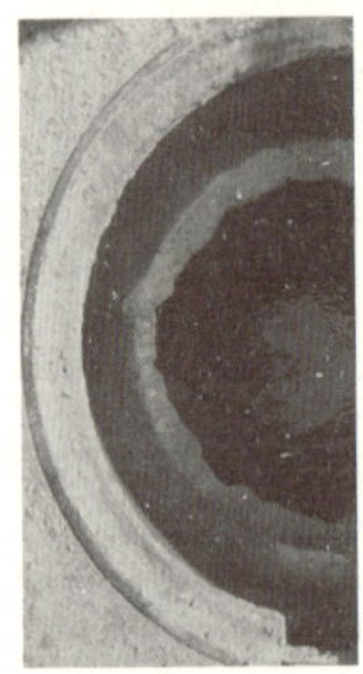

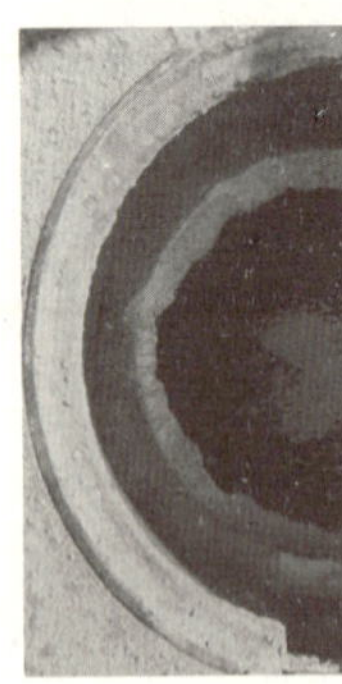

NO LUGAR ONDE VOCÊ ESTÁ

aquilo que se diz avança no espaço
a 360 m/s.
Assim, se você estivesse aqui
agora,
este verso saltaria num átimo
e como um bólido rasgaria o espaço
até surfar em seu ouvido
amargo ou doce, do jeito
que ele quiser.

o que você está olhando
neste deserto
branco é uma voz
suspensa no meio
de um salto esperando você
chegar.

onde você está agora?

©idadəscritα

NA BIROSCA DO ORFEU

o grego, o persa, o portenho,
o português (e seus múltiplos),
o inglês místico, erótico, o latino com seus sonhos de carne e bronze
olham da mesa ao lado você errar à cata
de uma forma, sua
língua particular, sua maneira original de mexer
no caldeirão fervente da poesia

você devia escutar o que eles dizem: “*sentaí, mermão!*
e em vez desta empresa temerária de procurar
portar a Boa Nova, chega
junto e vem trocar uma ideia com a gente”

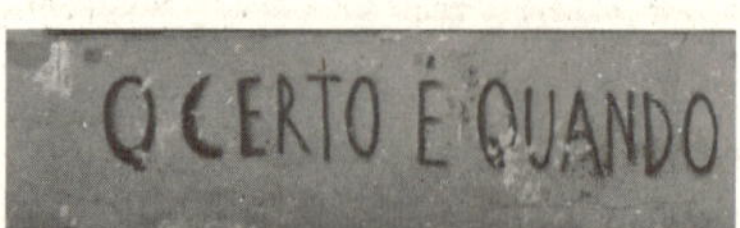

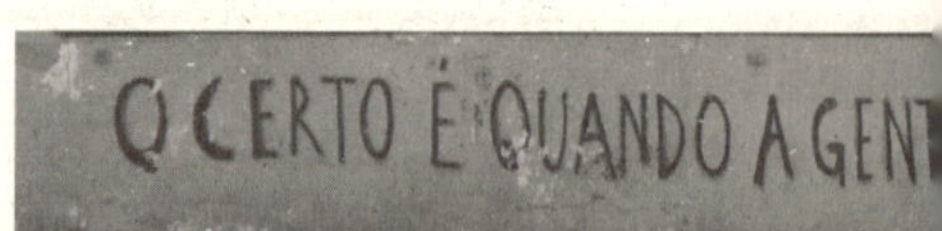

O CERTO É QUANDO A GENTE TÁ JUNTO

UNS TRAGOS COM J. DE SOUZA

Vou para um mundo negro
feito um cego
procuro meu degredo
busco sinais pelo século
filosofias sistemas sofismas
tudo é quase secreto
sob o véu de um céu aberto
chaga
vou pra esse mundo e nego
seus fundamentos
sou secamente guiado
pelo momento
sinal aberto
e nem assim desperto
do sonho:
PRIVADO DA MEMÓRIA ESTOU FELIZ

Nota: "Poucas semanas após o golpe de 1964, foi registrada a primeira morte no interior do prédio, que já funcionava como sede do Dops. Em 17 de abril de 1964, José de Souza, um ferroviário negro, militante do sindicato da categoria, foi encontrado morto no pátio interno. A versão oficial foi a de que o sindicalista teria se suicidado, mas em 1996, a Comissão Especial sobre Mortos e Desaparecidos Políticos reconheceu a responsabilidade do Estado no caso." in https://www.intercept.com.br/2023/11/21/e-assim-que-a-policia-civil-do-rio-esta-guardando-o-predio-historico-onde-funcionou-o-centro-de-tortura-do-dops/

Travessia
Pedestres

Travessia
Pedestres

MANUELINA

não dou bandeira
: a estrela da minha vida
          é quase inteira
perdi algum pedaço na viagem
no ritmo do meu passo
          passar cada luar
          cada sorriso
passar cada vez mais
passar cada vez mais os paraísos
em que não haja rei
lá serei sábio louco pálido
          tranquilo
lá serei pai e filho
terei a mulher que quero
do jeito que escolherei
passar cada vez mais os paraísos
passar cada vez mais
passar de vez

EM PESSOA

largo o universo e vou sentar na areia
meus olhos não são mais os mesmos
vejo o tempo atravessar o tempo
            e arrisco um lance
faço perguntas num desenho lento
                                        ninguém responde
e este silêncio é o espaço que me cerca

quem há de ter os dedos pra tocar
o coração do centro dessa ânsia
que nunca apressa o ritmo do tempo?

DISCURSO DO POETA WALY SALOMÃO ANTES DE SE FECHAR A ÚLTIMA PORTA DO PARAÍSO

eu sou o dervixe
a lua marginal
o enigma
e lanço pérolas aos poucos
devagar
com o andor q pude cavalgar
num transe

me segura
me segura q eu vou dar um troço
um truque
esse é o lance
eu troco porcelanas astrolábios
gengibre e madeiras do oriente
perfumes do meu canto
pelo q você quiser
eu troco
marfim e seda nobre
do meu canto
100 gr. de canela é ouro em pó
no armarinho nobre destes versos
casca de noz moscada das ilhas banda
e o cravo das ilhas molucas do meu canto
: eu sou o canto da sereia
tampa os ouvidos
nobre viajante

sou o dervixe
o mercador fenício
o sábio marginal
o esteta
e desfio estes livros folha por folha
debaixo da fonte primal do chafariz da praça
sitiada

vem q tem
no meu armarinho tem
mercadoria fina
especiarias e outras
miudezas
me segura
    segura aí malandro
me segura q eu vou dar o troco

eu sou o dervixe
o enigma
o coringa do baralho
e vou pedir licença aos deuses
pra me sentar no chão
bem do lado da cadeira q a mim teria sido destinada
porque sou o cavalo
dos orixás sem corpo da poesia
e solto um grito na mata ÊÊÊÊÁÁÁÁ
solto coices no ar
: eu sou o caboclo
o encosto
o orixá-menino-mutante
sou a delicadeza o espalhafato

sou o ato a potência
: poetas do futuro
tudo está por dizer
escrevam as canções q não vou mais ouvir

a poesia mora no fundo do abismo sem fundo
onde pulsa
onde pulsa
pulsa
pulsa
o coração do mundo
e é uma rebelião sem fim
mas contra o muro de minha própria ignorância
q em frente a mim se expande e esplende
eu cavo
            cavo
            & cavo.

ALTERAR
-FA-TAL-
BABILAQUES
JOSÉ ALVARO EDITOR

formas fractais das paisagens-escombro

DOMINGO, MESMO

ela anda assistindo o mesmo programa de domingo
repetido há vinte anos Tomei
uma *coristina*, mas não consegui sintetizar
o que o tempo carrega de ácido, nem descobrir
com o que sonham as meninas que só são inocentes
quando sonham, seria melhor
me disfarçar como bárbaro de botequim, um rebelde
medíocre no restaurante sacando o pau na frente
de senhoras semiescandalizadas porque
ainda não perceberam que o escândalo
foi revogado há tempos, seria bem
mais confortável acreditar que a margem
é confortável, e mijar
na frente da plateia a ureia que o sangue arranca
do tempo, seria melhor
acreditar na minha falta de fé,
nos desertos pós-estruturalistas
que a menina da academia tentou
me descrever numa carta antiga A menina
da academia está ao mesmo tempo conformada
e desesperada e pagaria
seis das suas sete vidas por onze
minutos e meio de sentido, essa menina
treparia com Godzilla, venderia
o que lhe sobrou da alma depois
que se rendeu ao método e desaprendeu de vez

a escrita com o corpo, depois
que perdeu o último
bonde com destino ao campo
minado, e bate palmas
frenéticas pras acrobacias de um cara que ainda acredita
nas palavras e ouviu a resposta
sem saber a pergunta, ela mente
pra mim e é por isso que somos
iguais, ela pagaria qualquer coisa, já disse, faria em público
aquilo que incendeia o centro
sem centro do seu corpo, mas o mundo
não vai se abrir
de novo nunca
mais.

O QUE VOCÊ FARIA SE NÃO SENTISSE MEDO?

real, isso aqui é real
e cheio de arestas (é só
olhar de perto e sem
formulações) cortantes,
lâminas intermináveis
na pista ondulada
em sobressaltos, e você,
enquanto desce
o tobogã de encontro
ao vazio, aproveita
a embriaguez do vento
em seus cabelos e
repara o curso
de cada mínimo
impulso da eletricidade
até o centro oculto, ali
onde o segredo pode
ser o não haver nada
no final da pista ondulante
que desce para além
da vertigem, e nem
adianta fechar
os olhos, viajante,
os dias (sem cor ou
vigorosos) ainda
passarão sem

observar a pele
sobre a íris ou
seu desejo de mudar
os quadros sucessivos
que escavam no corpo
outro desejo e assim,
num trânsito que aponta
o infinito, como se
as coisas não virassem
pó, você ainda
pode arremessar os olhos
novamente e retirar
do acaso alguma
coisa que se diga
flor e restitua
aos dias o prazer de outra
embriaguez, no transe
de todos os sentidos.

RESPEITA NOSSA
HISTORIA ZO
22

RESPEITA NOSSA
HISTORIA ZO
22

JAZZ AFTER MIDNIGHT

encerrado no corpo
encapsulado
também preso à carceragem do tempo:
a pele, limite úmido e quente com o mundo,
rasgada pelos grafitos do acaso
rasuras arabescos e
toda subtração
que as provisões do que há por dentro possam suportar,
a pele percebe que você quer sair, e lhe contém

[tem a ver com a raiva do corpo:
só o corpo odeia com a impureza de um hormônio
e ama com a mesma densidade,
a alma contaminada nem gravita em torno
com uma vaga impressão
daquilo que se apreende
ao Universo torto: consciência
é distorção]

foi nos becos deste corpo
que falanges de anjos excluídos e de olhar vago,
fortemente armados,
sitiaram desejos e projetos
num último bonde antes do apocalipse
entre projéteis

um deles, o que sorria,
olho no olho,
esculachou:
perdeu, maluco,
perdeu

encerrado no corpo
o mundo é o que lhe foi amputado

e vez ou outra ainda dói

MAERSK
CMA CGM
325252 1
22G1
MG
TARE.
NET.
CU.CAP.

GLDU 325252 1
22G1

MAERSK

GLDU 325252 1
22G1
MG
TARE.
NET.
CU.CAP.
GOL

MAERSK
MAERSK
MAERSK
CMA CGM
MAERSK

GO

EXPLICAÇÃO DO DIA

a véspera do fim já pulsa em outro calendário
futuro e postergado

o sol que cruza o céu desse futuro
arde na carne e acentua
o seu zinabre

este dia de sal e de fuligem
tem os pés em outro espanto, outra
véspera,
na insônia que vestiu a madrugada
e a prata de seu som
incendiou o que era flor,
flor desbotada, o riso na sacada
não revelando o que lhe ornava e o que
lhe precedia

e o que lhe precedia lhe negava, a voz
de um outro dia, antes,
repetido, a véspera,
consequência de nãos e de silêncios,
de procurar a fonte em terra seca

este deserto foi o que seguiu
a uma outra dor
na face anterior da via estreita,
folha arrancada a frio na espiral
onde o futuro ardia

a semente do deserto era vazia
e foi lançada ao chão despedaçada
no dia anterior
e seu adubo é a página extraída
ao erro, o erro de nascer e de arriscar
uns passos tão precários
e um desejo

e tal manhã, pulsão
de carne e de desejo, sua agonia,
foi subtraída à flor de um outro dia
ainda prévio e sem pacto
algum com a esperança

mas sua raiz, o caule
que o vento dobrava, o frio
efêmero, era só a aspiração da terra
por alcançar a flor
que levitava

o caule era nascido de outras horas,
mais uma véspera
e sua secura não vi de onde me vinha,
que cais de pedra em vínculos com a noite
sonhava naus de ar que nunca tornariam

o oceano, o sal, a tempestade,
a baixa da maré, o casco de corais, ventos contrários,
e velas enfunadas e cordame
atravessaram a alba, sua parede,
a luz noturna ou
sua ausência, o crepúsculo, a tarde, o meio-dia
e outra manhã
até chegar às âncoras de agora
e aos extravios, sim, desta manhã, hora insulada,
superfície, desforra, e o que sobrar
é subsolo, água abissal, desterro,
espelho de silêncio,
vão, degelo.

7
745
315
50

7
50
315

NAS PASSEATAS AS CORES SÃO TODAS SEMITONS

1.
o barulho das máscaras caindo
me deixou surdo, não há nada
sob o chão e apenas
alguns mícrones nos separam
do abismo, porque ninguém esperava
o baque surdo de tantas
máscaras

as orações que eu escrevia, ela nunca
suspeitou que eram para o *deus-*
ninguém, porque no fim, como já
era de se esperar, ninguém viria me salvar
a pele travestido em divindade que não perdesse
a nitidez enquanto o verdadeiro rosto
aparecia

2.
'vou deixar a cidade', ela disse, *'de vez*
em quando as coisas se perdem
de vez', as cores deviam ser doces
e nunca soube por que elas ferem,
eu disse contraindo os olhos como sempre
faço quando minto,

mesmo tentando
pôr os cinco dedos por entre as barras
do código de barras, daí saber com tanta
certeza que não é uma janela nem uma saída
da embalagem dos dias repetidos, avenidas
tristes, raptos de sentido, céus sombrios
de um verão iluminado

3.
em que ninguém sabia o quanto de real
traziam os versos que escrevi nas margens
daquele papel
pardo

LULA 13

PAINEL ELETRÔNICO

a dança
das taxas
de juros, seu
novo valor
nominal que
reduzido para
iludir os olhos
que deslizam
nas telas à
procura de um
ponto fixo
enquanto a queda
livre da inflação
estabelece uma
diferença que
deixa o índice
real em rota
ascendente
permitindo que
quantias antes
inacreditáveis
migrem numa
prestidigitação
volátil e
macabra das contas
de milhares para

outro lugar
onde se
concentram, u-
topia ao
avesso ou simples-
mente visão
do espelho a
partir do ponto
que interessa a
quem detém
anônimo e
esconso sob
um código alfa-
numérico a
posse deste
espelho, e também
do fundo
da caverna, tela
preta onde *hypnos*
manipula chaves,
cifras e mil véus
em código
binário.

O PLANO B FALHOU, MEU BEM

todas as promoções deste supermercado escondem
armadilhas, ainda que os olhos
da mulher atrás do guichê de crediário
amplifiquem metáforas de sucesso: "*como fazer*
amigos e influenciar
pessoas" Seus olhos são verdes da cor do mistério, mas
isto não induz qualquer salto
para além da superfície As coisas, a coleção
de coisas em oferta forma,
em estrépito cortante, o aparato de planos
onde é dado movimentar-se, meu bem, mas nunca
em plano-sequência: alguém
grita "*corta!*" e você fecha os olhos, sonhando
com a próxima emulação de paraíso Deviam ter disponibilizado
nas gôndolas uma metafísica
de pássaros, qualquer uma,
para aquele que chegou
do campo agora e cuja memória
ainda vasculha sons
de primavera Caso
você tente alcançar
o subterrâneo, o expediente se encerra e o mundo
fica parecido com qualquer calçada com vitrines
depois das 22.

adicionalmente, é bom saber que trocas
serão feitas apenas
às segundas e mediante
cupom fiscal, sempre das 9
às 11.

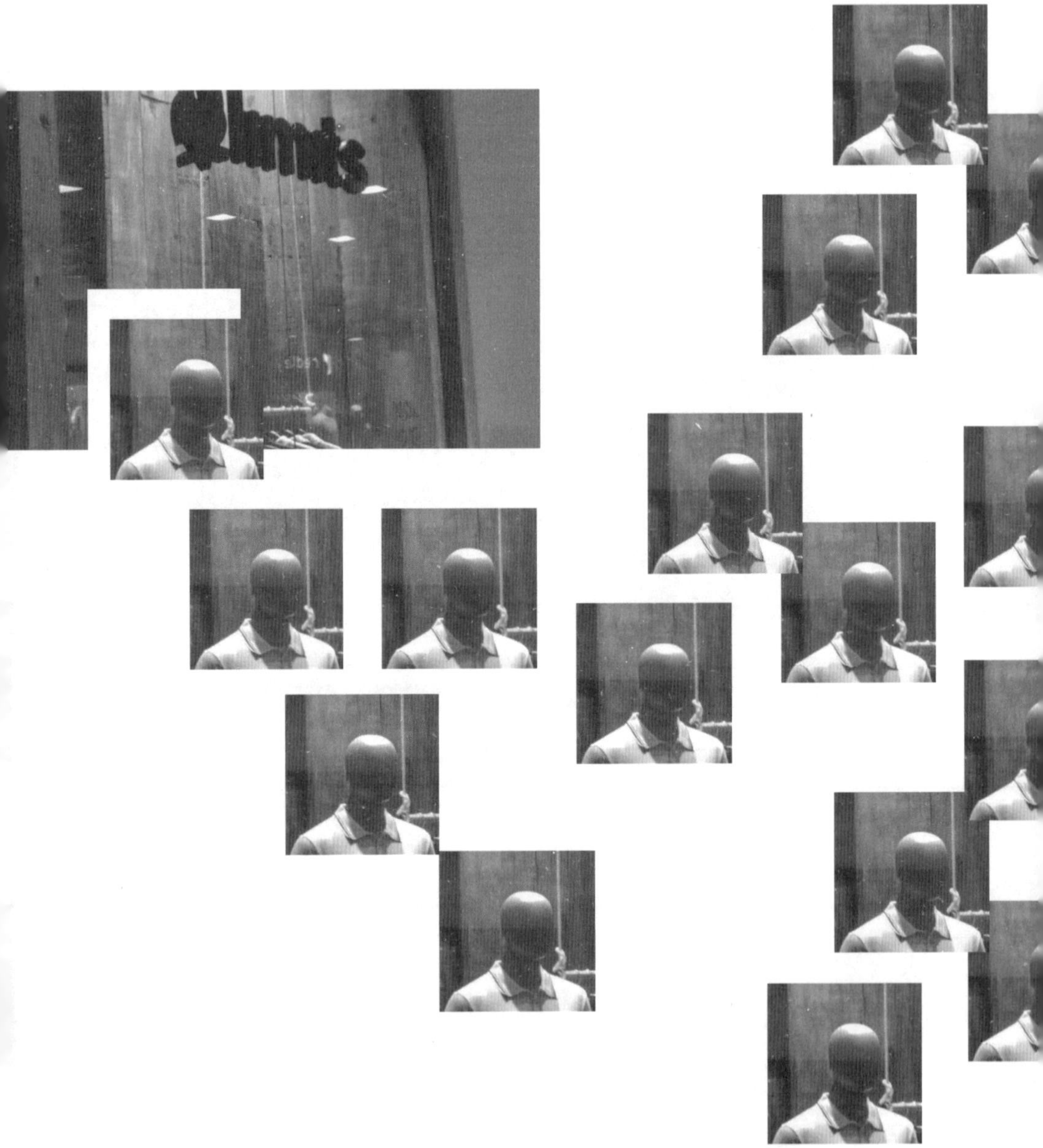

OS TRÊS MAL PAGOS

ready-made sobre poema de JCMN

O capitalismo comeu meu nome, minha identidade, meu retrato. O capitalismo comeu minha certidão de idade, minha genealogia, meu endereço. O capitalismo comeu meus cartões de visita. O capitalismo veio e comeu todos os papéis onde eu escrevera meu nome.

O capitalismo comeu minhas roupas, meus lenços, minhas camisas. O capitalismo comeu metros e metros de gravatas. O capitalismo comeu a medida de meus ternos, o número de meus sapatos, o tamanho de meus chapéus. O capitalismo comeu minha altura, meu peso, a cor de meus olhos e de meus cabelos.

O capitalismo comeu meus remédios, minhas receitas médicas, minhas dietas. Comeu minhas aspirinas, minhas ondas-curtas, meus raios-X. Comeu meus testes mentais, meus exames de urina.

O capitalismo comeu na estante todos os meus livros de poesia. Comeu em meus livros de prosa as citações em verso. Comeu no dicionário as palavras que poderiam se juntar em versos.

Faminto, o capitalismo devorou os utensílios de meu uso: pente, navalha, escovas, tesouras de unhas, canivete. Faminto ainda, o capitalismo devorou o uso de meus utensílios: meus banhos frios, a ópera cantada no banheiro, o aquecedor de água de fogo morto, mas que parecia uma usina.

O capitalismo comeu as frutas postas sobre a mesa. Bebeu a água dos copos e das quartinhas. Comeu o pão de propósito escondido. Bebeu as lágrimas dos olhos que, ninguém o sabia, estavam cheios de água.

O capitalismo voltou para comer os papéis onde irrefletidamente eu tornara a escrever meu nome.

O capitalismo roeu minha infância, de dedos sujos de tinta, cabelo caindo nos olhos, botinas nunca engraxadas. O capitalismo roeu o menino esquivo, sempre nos cantos, e que riscava os livros, mordia o lápis, andava na rua chutando pedras. Roeu as conversas, junto à bomba de gasolina do largo, com os primos que tudo sabiam sobre passarinhos, sobre uma mulher, sobre marcas de automóvel.

O capitalismo comeu meu Estado e minha cidade. Drenou a água morta dos mangues, aboliu a maré. Comeu os mangues crespos e de folhas duras, comeu o verde ácido das plantas de cana cobrindo os morros regulares, cortados pelas barreiras vermelhas, pelo trenzinho preto, pelas chaminés. Comeu o cheiro de cana cortada e o cheiro de maresia. Comeu até essas coisas de que eu desesperava por não saber falar delas em verso.

O capitalismo comeu até os dias ainda não anunciados nas folhinhas. Comeu os minutos de adiantamento de meu relógio, os anos que as linhas de minha mão asseguravam. Comeu o futuro grande atleta, o futuro grande poeta. Comeu as futuras viagens em volta da terra, as futuras estantes em volta da sala.

O capitalismo comeu minha paz e minha guerra. Meu dia e minha noite. Meu inverno e meu verão. Comeu meu silêncio, minha dor de cabeça, meu medo da morte.

O neoliberalismo veio depois e mijou por cima do pouco que havia sobrado.

[trecho apropriado e alterado de Os Três Mal-Amados (1943), João Cabral de Melo Neto]

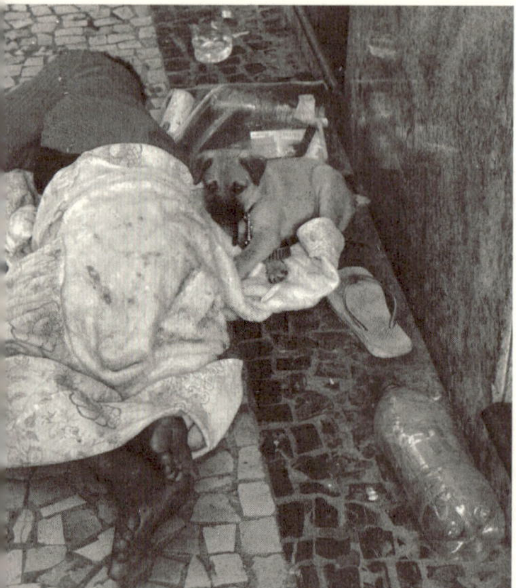

uma cidade, as cidades todas

AQUELES TIJOLOS DE UM VERMELHO ANTIGO SANGRAM NO BAIRRO INDUSTRIAL

o anjo se arrasta
pela calçada e sonha com a ruína
do bairro industrial enquanto mede
com os olhos vermelhos a distância
e a trajetória do voo impossível
até o Paraíso onde queima a sua alma
inexistente como o azul da voz que ecoa
sua asa amputada A ponte
que leva pra dentro tem chão de vidro
moído e ele escreve com passos e sangue
as palavras que as asas riscariam
nos céus – é mais fácil medir o chão
imaginário, e por isso sempre
mais letal, mas não se deve olhar
pra trás e tentar ler as palavras
cor de púrpura que vazaram sobre o pavimento
em brasa porque a asa
que sobrou arrasta suas penas e borra
a tinta antes que o sentido
apareça Entre
despejos, catástrofes e flores febris, a asa
é um aleijão, inútil
como um poema que cicatriza
na pele da memória enquanto
anoitece, iluminura
que acende com seus códigos alfanuméricos

as luzes das avenidas enquanto
os carros passam velozes
com assassinos e outros
operadores do sistema
escondidos pelas películas
invioláveis à visão, coladas
aos vidros
blindados.

POEMA TIRADO DE UMA NOTÍCIA NO WHATSAPP

Papai Noel, aliás José Calixto
da Silva, pardo, 42, foi
encontrado morto numa viela

do Jacarezinho, bala no crânio,
e um 38 achado sob o corpo,
junto ao fumo da pólvora nos dedos

polegar e indicador, mais os maços
de contas atrasadas e um bilhete
do filho caçula pedindo a bola

oficial do campeão do ano
na Libertadores, revelam tudo:
suicídio. Horas antes, o anjo

anunciador informou pelo *zap:*
"os patrocinadores reduziram
as verbas, e, por isso, até segunda

ordem não necessitamos de seus
serviços... gratos pela parceria
até aqui, sem mais, a Direção".

Na praça de alimentação, José
viu, no presépio, que o menino-Deus
vestia fraldas Pampers, e Maria,

uma echarpe azul de seda Versace
como véu, ao lado do carpinteiro
pai do menino feliz, com sapatos

Bär Schuhe, enquanto conferia
nos bolsos as moedas pra chegar
de volta em casa. Os patrocinadores

cancelaram o Natal, o futuro,
quaisquer projetos que drenassem
seus recursos nos meses de contenção,

protegendo o balanço e os acionistas
da volatilidade dos mercados,
os patrocinadores só não podem,

no entanto, cancelar este poema.

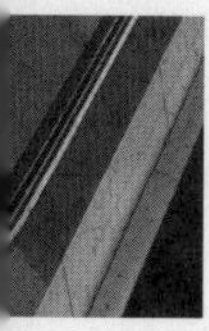

AREZZO

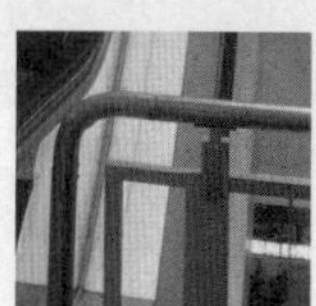

MARAMBAIA

para Amanda Vital

extensa língua de areia mar adentro, restinga,
vista num dia claro como este
em que, sentado no bar, você conversa
com os barcos que imploram pelos cardumes
desaparecidos enquanto âncoras
arriscam grafismos na areia percorrida por correntes
que logo os apagam enquanto penteiam
algas, a faixa de areia clara
que se estende mar adentro não passa
de uma falha do continente, erro
das eras acumuladas enviando marés
que se propagaram carreando sedimentos
até o estuário dos dias Eles se elevam
como ondas e se deprimem no baixio
das horas diante da agitação
do desejo Extensa língua de areia mar
afora, talvez ninguém tenha pensado
que o desvio dos séculos e a loucura
da terra armaram dentro do erro um dispositivo
da beleza, com toda
paciência e toda
fúria

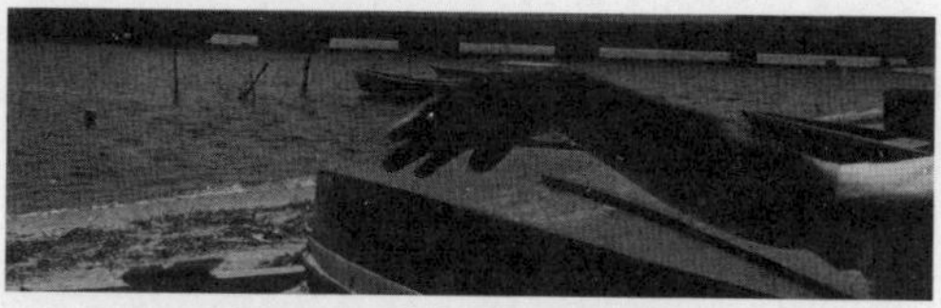

O BARCO IMÓVEL

dias como pedras, entulho
que cai da caçamba do caminhão na autoestrada
devastada Em frente ao mar você lembra
que os barcos pintados nas retinas
desde a infância estavam todos
ancorados, imóveis
sobre a areia Você
soprava velas invisíveis enfunadas
diante do brilho insuportável
da esperança Inadequação, efeito
placebo da vida que não encontra como dizer isso
que agora é uma cena muda e amarelada no refluxo
da memória Hoje, sentado
no mesmo barco imóvel, os ventos
trazem uma mensagem: "*você errou*
o oceano, navegador, e não
há retorno pelos estreitos encapelados Siga
adiante pelo mar errado e quando chegar
a seu destino finque a bandeira, tome
posse do que for possível" Sem astrolábio
e sem mapas a noite arde na pele
desiluminada sob a dança
dos cometas a caminho
de outros nadas.

RESPIRE FUNDO E CONTE ATÉ DEZ

o bar está lotado, mas ninguém se interessa quando
entra um rapaz que veio de Guanghzhou com relógios falsos
mais verdadeiros que seus modelos originais Ele
está desesperado, acossado pela máfia
de seu país, que tem um braço forte nesta cidade e pensa
em suas irmãs trabalhando como putas em bares
da Espanha antes da crise mundial que trouxe
a italiana de olhos enormes, coxas longas
e claras ainda levemente marcadas por sessões
hard, na espera de retomar em plena Terra Prometida
a produção de opioides e dopaminas no labirinto dos tecidos,
entre papagaios, iaras e parangolés Ela
confessou, enquanto desenhava com a língua
em brasa arabescos em sua pele, que o amor
aquece como desertos sem oásis, e que tudo
não passa de um palimpsesto genérico Cambaleando
até o banheiro, explode a lembrança das mulheres
que amam você pelos mesmos motivos
errados, das conversas que você trava
com o mar, todas falando da morte, quando os versos
em suspensão descolorindo calendários
só parecem querer elevar-se diante
do fim como se um blefe consertasse os erros
dispersos pelo roteiro

Bar do Boró

Bar do Boró

Bar do Boró

OS BARÍTONOS DO MÉIER

para Alexandre Brandão

dois barítonos cantam no bar do Gilson,
só que o Méier hoje encheu demais da conta
com as chuvas da nova temporada Mil
ou mais casas alagadas, e as tais montras
de Deus que Pessoa falava, pra nós
meras vitrines em promoção tal qual
apregoa o pastor, nem pra simples tosse
têm remédio, que dirá ao capital
incutir o que não seja cupidez,
e assim só nos resta a arte, e esperar
que a água encontre nos bueiros, de vez,
seu caminho natural, e aproveitar
esses barítonos, uns goles de Dreher,
e os mistérios que a noite esconde no Méier.

POINT
655
DELIVERY
PROMOÇÃO
PRATOS EXECUTIVOS
PÃO DE QUEIJO
PIZZAS

OS TÚNEIS SUCESSIVOS DO METRÔ

toneladas de terra sobre sua cabeça, você hiberna
sentado na composição que atravessa
os túneis sucessivos do metropolitano ligando
as pontas da cidade, mas nunca os seus
sentidos Cinco noites
mal dormidas, cinquenta anos completos em três
semanas, uma vida que não espera nada e você acaba
de lembrar que detesta poemas que confessam
qualquer coisa, como este, enquanto formulam
digressões, e olha sem esperança pelo vidro
paisagens imaginárias que seu desejo projeta
no fundo rugoso das galerias iluminadas
pelo atrito entre o aço das rodas e os trilhos
que nunca veem a luz estampada nas ruas
e sonham um dia esquecer a obstinação
mineral que determina o trajeto das composições
porque não se contentam com a migalha de luz
das fagulhas que espocam feito instantes
de alumbramento e viram, velozes, cinza no tabuleiro
raso da história.

UM ARTEFATO ACENDE OS EDIFÍCIOS DA PRAÇA QUANDO EXPLODE

tudo parecia indicar que era uma outra estação
de metrô Você viaja incógnito e sobe as escadas
em direção à luz Um terrível equívoco nos dias
corrói as telas e você se sente o Grande Outro diante
do mundo que não escuta além das motosserras
e da explosão dos motores movidos a combustíveis
fósseis enquanto você traz
no bolso um enigma na forma de circuito
impresso indeterminado e sem alvo preferencial
nem tutorial para compreensão imediata que
possibilite desativar em seus mínimos
filamentos o nanoimpulso elétrico que vai detonar
a bomba e quando você abraça
o estranho e coloca o poema em seu bolso
sem que ele entenda ou perceba
tudo parece explodir Não: não parece Tudo
explode e voam estilhaços que são lâminas no céu
das suas certezas Sim, agora você já pode se perder
de si pela cidade – essa antologia
infinita, sem fronteiras
nem *bunkers*

A LAPA HOJE É SÓ UM *BUG* NA CIDADE DO RIO DE JANEIRO

1.
lá fora amores à última vista atravessam
a cidade e fica difícil se concentrar na conversa
porque dois ou três idiotas (você ainda está
na dúvida se incluir a si mesmo é mais
realista) na sua mesa exibem sorrisos
frenéticos, trapos
com etiquetas Richard's, olhares calculados, fé
nos seus salários do banco federal
de desenvolvimento e na migração
de capitais para mercados mais atraentes

2.
eles insistem nos seus sorrisos de filme
B quando dizem que encontrar a mulher
ideal é difícil, mas sua procura é uma delícia,
eles parecem acreditar que isto é
a felicidade, a sua cota de transcendência
nos mercados da vida, aqui é um bar
irlandês numa ladeira da Lapa e o mundo
inteiro despeja toneladas de imagens

falsas sobre você neste exato momento

3.
em que a trilha sonora liquidifica sangue,
glitter, as dez mais e um blues antigo
e rascante que se desloca para o fundo
mais escuro do corpo e quem, como
você, olha para a rua, quem como
você não acredita, quem como você
se pergunta se este é o mesmo chão pisado
por Madame Satã, este alguém
desconfia que os amparos do sentido
andam rodando como um carrossel
em marcha à ré com engrenagens gastas

4.
os inocentes de Manhatan não sabem
de Madame Satã, vão precisar consultar
o índex da academia em que uma sombra
dele foi capturada pelas redes
teóricas e outras se movem
num estilo *touch screen*, mas a caverna
ninguém sabe se existe – os dois
que sorriem existem e estão
a fim de levar pra cama o seu amor
à última vista e ela pode ser a mulher
de suas vidas, ela pode ser uma noite
longa, uma noite quente e profunda

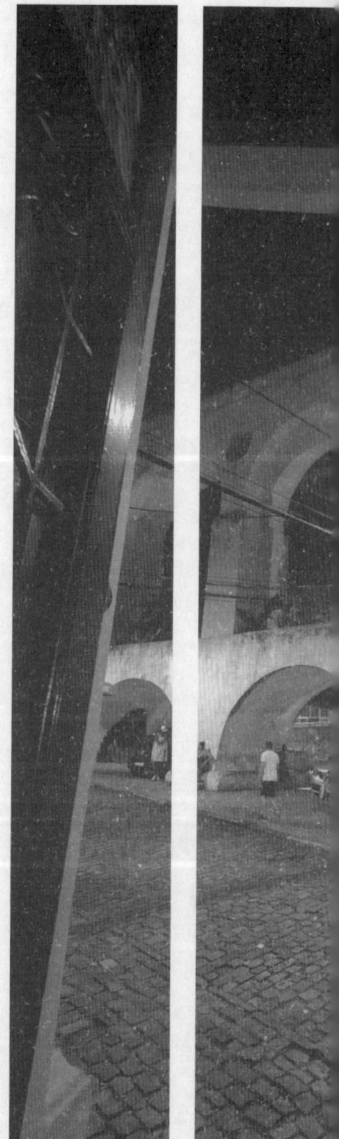

5.

que vai atormentar seus dias, ela poderá
ser um *slide* fantasmático na ruína
de seus futuros ocos e amparados pelo banco
de desenvolvimento, poderá ser o delírio
da carne, ter pernas mágicas, boca
de prodígios, pele ardente, poderá ser
o esquecimento, a chave, o labirinto,
ela está ao seu lado e aparenta não
saber, aparenta não sentir como pulsa
a prosa do mundo, como pulsa
o desejo por cima das pedras
do pavimento, como seu corpo quer
se atirar sobre ela buscando o que está
além, amparado só pelos sentidos,
amparado e só

6.

nem eles, nem ela e nem você
sabem onde vão levar todos os desvios
desta noite atravessando o labirinto das ruas, agora,
extraviada noite, bem

agora.

NEOLIB

estou no coração do centro da cidade do rio de janeiro.

ando pela avenida atordoado com meus desejos
de classe e converso com um desconhecido
amigo que trabalha em frente à mesma
janela de onde vejo a torre órfã de uma igreja
em cujo topo uma mulher pisa a orbe
diminuta como são diminutos os meus sonhos
de classe mediados por páginas que querem que eu
veja as coisas como as coisas realmente são
do jeito que nelas aparece sob a fina membrana
ou névoa que a tudo envolve enquanto salta
do papel um sorriso platinado e úmido
que me desvia os sentidos do medo que sinto
que da curva abrupta da próxima esquina
pulem na minha frente os meus pesadelos
de classe na forma de garotos armados
até os dentes cariados que entopem bocas
falando dialetos que não entendo e empunhando
lâminas pra riscar a verdade bem fundo
em minha carne.

se bem me lembro era um mês de junho quando
nesta mesma avenida assisti descerem de carros
alegóricos da polícia militar elementos à paisana
que se infiltraram na multidão fortemente armada

de flores e palavras - eles traziam máscaras
ninja escondidas nos bolsos e outros apetrechos
para insuflar a massa em direção às brigadas
fardadas e alinhadas atrás de escudos em todas
as rotas de fuga portando amplos estoques de balas
de borracha e sprays de gás de pimenta adquiridos
pela alocação de recursos que custam o massacre
da educação dos garotos que saltam do meu pesadelo
de classe para as casas de detenção enquanto aspiram
o vapor azul cobalto do crack antes de empunharem
armas brancas que são espelhos dançando
na frente de meus olhos numa hora em que a membrana
invisível não me protege.

paro na frente da banca de revistas com meu interesse
na cotação de hoje das ações da empresa estatal
que despencaram inacreditavelmente pensando
em comprar um substancial lote delas porque lastreadas
na imensa riqueza nacional que também é dos garotos
que no meu pesadelo interpretam o papel de feras
filhas de um massacre e penso a vida virou um drama
burguês de quinta categoria enquanto as imagens
do papel jornal mostram a cara de um servidor
do sistema democraticamente eleito pelos cidadãos
de outra cidade que exibe seu sorriso
blindado e sem cáries afirmando ser preciso virar
a página do massacre do bom senso e da educação
porque tudo não passa de agitação de elementos
infiltrados que tornaram imprescindível o uso
da repressão violenta do aparelho de Estado
governado por sua pessoa acessível e aberta

pelo diálogo armado de valores éticos e cristãos
que estão aí para combater a intolerância de quem
se manifesta contra o massacre da educação
dos garotos da esquina que meus projetos
de classe querem mandar mais cedo para trás
das grades que protegem meus melhores
anseios democráticos.

a noite alcança a cidade maravilhosa.

minha fé se desloca entre os abismos das palavras:
assim como tudo um dia espero emudecer
e não gosto de versos de circunstância (não faças
versos sobre acontecimentos, ele disse) como
também quase sempre não gosto quando poesia
e política se amam muito abertamente – mas
espero emudecer
espero emudecer enquanto
meu corpo inteiro pensa: cinquenta anos
e nenhum

NÊNIA PARA A CLASSE MÉDIA BRASILEIRA

Copacabana não tem mais nenhuma livraria. Há trinta anos eram quatro ou cinco, sem contar um ou dois sebos. O bairro de classe média mais adensado do Brasil não tem nenhuma livraria. Cento e cinquenta mil habitantes em cerca de oito quilômetros quadrados, o que, descontando a área de ruas e praças, atinge uma média de quarenta moradores por cada metro quadrado; e nenhuma livraria. Cem quarteirões, setenta e oito ruas, cinco avenidas, seis travessas, três ladeiras e nenhuma livraria. Um IDH – Índice de Desenvolvimento Humano – de 0,956 e nenhuma livraria. É necessário lembrar que acima de 0,900 o IDH é considerado muito alto. Numa de suas principais avenidas, a Princesa Isabel, circulam em torno de cento e setenta mil carros por dia, mas o bairro não tem nenhuma livraria. Quatro mil pessoas ganham mais de vinte salários-mínimos, mas não há livrarias. Nove mil pessoas ganham entre dez e vinte salários-mínimos, vinte mil ganham entre cinco e dez, cem mil pessoas ganham entre um e cinco salários-mínimos, mas nenhuma livraria. Há em torno de oitenta e duas mil residências, em sua maioria apartamentos que possuem, em média, oitenta e cinco metros quadrados, e nenhuma livraria. Apesar das mudanças na base tecnológica, ainda resistem noventa e dois mil telefones fixos em paralelo aos cento e oitenta mil telefones celulares, mas quase nenhum deles deve ter falado em Drummond ou Bandeira ou Clarice ou Hilda nos últimos meses, porque não há nenhuma livraria no bairro. O consumo de energia elétrica ultrapassa a casa dos novecentos e cinquenta mil quilowatts-hora por mês, mas nenhum deles ilumina uma livraria. Duzentos e quarenta bares, cento e quarenta restaurantes. Nenhuma livraria. Sessenta e um por cento das residências possuem um automóvel, mas não restou nenhuma livraria. Mais de cem hotéis se espalham por suas ruas; nenhuma livraria. Dois mil e novecentos estabelecimentos comerciais, nenhum deles hoje é uma livraria. Mil e cem pequenas fábricas e nenhuma livraria. Seis igrejas católicas, duas igrejas messiânicas, duas igrejas presbiterianas, duas igrejas batistas, três sinagogas e nenhuma livraria. Quatorze escolas municipais, onze escolas estaduais e vinte e cinco escolas particulares pontuam ruas e praças, mas nenhuma livraria. Pelo bairro circulam sete milhões e meio de passageiros por mês, se não contarmos os que vão nos táxis e vans, mas não sobrou nenhuma livraria. O valor médio do metro quadrado de um apartamento ultrapassa os dez mil reais em Copacabana, cerca de cinco mil dólares estadunidenses, mas não existe sequer uma livraria. Se cada habitante do bairro comprasse um livro por ano, seriam vendidos, em média, doze mil livros por mês no bairro, e o faturamento mensal de uma livraria seria algo em torno de setecentos mil reais. Bastava que cada morador comprasse apenas um livro por ano, mas não. Por isso não existe nenhuma livraria. Nem uma.

Copacabana, 1182

Casa do
Biscoito

MINERAL

para Leonardo Almeida Filho

1.
escuro
                    escuro detrito arrancado a uma origem
devastada, rescaldo do grande incêndio
do que um dia foram florestas imensas e que recebe
hoje, como um rótulo gasto, o nome genérico
passado, do qual apenas se pode supor
o verde manto estendido sobre o relevo
e agora imobilizado em flora fóssil de complexa
decifração sob os vestígios da glaciação que
operou seu trabalho após os dobramentos
da crosta subjugando rochas, derruindo tudo,
sim, mesmo a sua solidez que o nosso senso
ampara como blindagem do sentido, na erosão
que fendeu e embaralhou a documentação
nos arquivos natimortos da memória
antes que dela caíssem resíduos, fragmentos
armazenando um calor potencial, flecha sem
destino atravessando eras até estar agora exposta

ao consumo, realizada a lavra a céu aberto depois
de arrancada sua pele, estrato estéril, ou
subterrânea, galerias adentro, alma devorada
por dentes mecânicos e perfuratrizes, esvaziada
sobre carregadores automáticos, mera questão

de método, considerados os custos envolvidos,
ainda que os impactos no presente não sejam
avaliados, mesmo sendo certo que a chuva
irá carrear sulfetos e óxidos metálicos até as águas
doces e tornar insuportável a respiração dos peixes,
impossível a proliferação das algas e nociva
a acidez nas terras onde brota o alimento.
Escuro detrito

2.

agora transformado em coque pelos processos
da siderurgia, torturado pelos altos fornos até
confessar e entregar sua cota de energia,
e reduzido enfim a metal líquido, mônada
impenetrável e indiscernível no caldo grosso,
ardente e lento que é vertido pelos canais
que alimentam os carros, torpedos que o levarão
desfigurado, dessulfurado pelo ar que o atravessa
violento e pela cal dos anos sucessivos, tão branca,
apagando os últimos vestígios do que fora um dia,
mas do que ainda se mantém sob esse ataque
podem-se supor benéficas as adições de minérios
e sucata, resíduos e rejeitos de outras degenerações,
citações, glosas, *samplers* do destino, '*noventa*

por cento de ferro nas calçadas, oitenta por cento
de ferro nas almas', nos *pixels* e nos *bits*, matéria
do sonho que continuamente se dissolve, emulações
e mímeses frenéticas de poemas que são apenas
novas ligas conferindo forma ao vazio impenetrável
entre as moléculas do que outrora foi mero detrito,

borra dos séculos, resíduo sob a camada estéril
e agora viaja em lotes para distribuidoras com o fim
de alimentar o consumo, até o momento de seu
descarte.

UMA PEDREIRA

para Carlos Emílio Correa Lima

1.
se uma ferida pudesse erguer-se, seria
essa empena, suas partículas luzindo
no verão sem clemência, proa abrupta
que mede imóvel o mar de casas mudas
imersas no betume da noite ocidental,
a história narrada no vazio vertical
de quem foi triturada pelos dentes rudes
das britadeiras e contabilizada em vagões
lentos como lotes de vestígios que agora
dormem seu sono inquieto em anos
de concreto atravessados pelo aço. Ou

2.
fosse a vida uma vela nunca panda,
lona que o vento não enfuna, seria
essa empena hirta, muralha, seus segredos
guardados no minério ostentando
o que lhe foi subtraído como um brasão
sem armas, cada mínima traição
do acaso grafada em mica, noite
dentro da noite de seus poros, uma vela
medindo a calmaria, metamórfica
memória de lava, enorme sedimento
de um espasmo, cinza de carne, granito.

FRALDINHA

~~abra somente em caso~~
~~de emergência~~

OS OUTDOORS ESTÃO TODOS APAGADOS PELAS AUTOESTRADAS

você parece pensar que
é pergaminho este pedaço de pele
do meu braço quando me roça
com os dedos, um pouco abaixo
do ombro: seria
lindo este gesto vinte anos atrás, nem
é exato assim, um pouco menos talvez, só sei
que a vida percorria trilhas de vinil
e às vezes dava saltos, definitivamente
arranhada e tão
fundo que
não se podia mais juntar as duas
partes da melodia, daí porque
não te contei, mas fui à luta
depois que abandonei num papel sobre a mesa em letras garrafais
a palavra *PARAÍSO* (quanta escrita
líquida microirrigada sob os tecidos),
e minha única arma era
um coração turvo, turbilhonado, deixa
estar, também nunca falei
da urgência quando saí rasgando tudo
por dentro, vendo o tempo esgarçar
as arestas das coisas e encher
de pó os cantos da casa, e destes
dois corações que você riscou em minha pele tão
filigranados em suas curvas

que nenhuma geometria captura, um branco,
outro negro, um cheio, outro
vazio, como se um luz e o outro
a treva, não vou dizer nem morto
qual dos dois é
o meu (*seria*
o coração uma cicatriz que pulsa
no corpo, ou é só através destes
sulcos que a mão decalca
sobre a folha
branca, quando a vida pesa mais,
que ele bate?).

Aniversário
de 35 anos
ZR
ATACADISTA
KM 40 - Seropédica
50
reais
em prêmios
COBRE
METAL
VIGOR
CRAC
Guaraní

na prática!

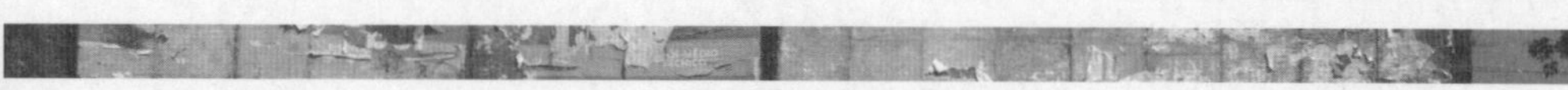

MESMO OS MOTÉIS BARATOS ANDAM ÀS MOSCAS

o centro não existe, amores
marginais arfam convulsivamente
enquanto gemem orações
pornô sob a penumbra de templos
com letreiros digitais e promoções
na hora do almoço O menino
que olha pra você de dentro
dos espelhos só escuta o silêncio, décadas
de silêncio nos olhos maduros
do menino que guarda negativos
de tantos corpos e gestos de comunhão
úmida pulsando
carne adentro, olhos nômades que leram escrituras
de esperma sobre papiros carreando sob si uma trama
de sangue e linfa Sim, você cobre
os espelhos com lençóis tatuados por suor
e secreções, marcados pela poesia das luzes
artificiais, mas isso não cala o menino
que recita sutras intermináveis O centro
não existe, e os holofotes de outro par
de olhos lançam você num universo sem deus
onde aquelas flores sempre sem caule espreitam
na terra amiga o desejo da seiva,
da casa, ao som da última esperança e do cântico

dos cânticos tangido pelos anjos
do inferno O abismo da orla desses olhos é um
dos orifícios por onde
você avança, dança
e cai

VISTA SOBRE A CIDADE SEM HORIZONTE

você morreu um pouco, mas não choro
porque a agonia foi minha
e lenta
ainda desfolha, cínica, imagem
por imagem como um atirador
de facas mirando o espelho
até riscar na superfície das coisas
o que doe pele às palavras
mais duras
do real.
                    antes não: do oitavo andar à frente
uma névoa, neblina espessa, bruma
tomando de assalto e sem pressa
o espaço todo enquanto,
olhando ao fundo o rio de asfalto,
desejava o salto até perder de vez
o que fosse
no curso opaco dessa lama negra onde
as coisas vão,
pra sempre vão
sem volta, desejos
desencontrados – devo confessar
que desisti, impossível ir
além da margem onde homens
e mulheres vagam
imprecisos porque pensam, olhos sobre imagens

nos espelhos, nuas, imagens
em camadas que nunca deixam
ver aquilo que por baixo grita: você morreu
um pouco, me sento
a seu lado e converso
com a parte
restante.

CETICISMO DAS IMAGENS

ela recita seu catecismo de imagens
alucinógenas tirando anêmonas dos dedos
dentro da noite metafísica e você tenta
seguir de perto suas impressões
digitais quando deslocam lentamente
a pele fina das palavras e riscam
outra natureza sob a natureza como
se um útero respirasse nos abismos
e o oco das bocas unidas [a dela
e a sua] enterrasse minas pelas orlas do
tempo se despregando das palmas que
você quer impressas na carne
ali onde ela treme mais e explode:
as boias incandescentes na água
da baía são marcas de seu desencanto
e deixam entrever os peixes que velam
o abismo líquido que ela cria e não afoga:
placenta de sílabas, vertigem de foto-
gramas em tons de púrpura que você
projeta na caixa preta do presente
esperando que ela salve sua vida
apagando com os lábios todo o seu
ceticismo das imagens. Ou

que roube de vez a chave de seus dias
enquanto, com a língua, colhe versos
sob a claridade das manhãs
ainda úmidas, no meio
da neblina.

PROSA INCOMPLETA

se, como quem não quer
nada, sobre os lençóis (neste momento
os dedos se perderiam na maranha
reluzente, tão negra e displicente sobre o algodão
branco como o artifício
de um céu noturno um átimo
depois do espocar
dos fogos) um de nós falasse sobre ruínas
sob o azul mediterrâneo, imóveis
em sua opacidade.
aflitiva sem dar
conta do sol
que as dilapida, e explodir (quando os mesmos
dedos se perceberem
úmidos e ardentes de desejo) a lembrança
do púrpura e do carmim
que as revestia, o que se quer sem confessar é somente a vertigem
do corpo, e isso se assemelha ao mapa
do labirinto, ou à cara do anjo que agora
fecha os olhos em face da prova de pequenos crimes
da paixão, e se uma palavra
como amor fosse dita
seria só apuro, estilo ou mera
difração do sentido – não se fala mais
nisso, e este silêncio agora quer dizer clímax,
anticlímax, retorno das horas,
espera, segredo, perda,
surdina.

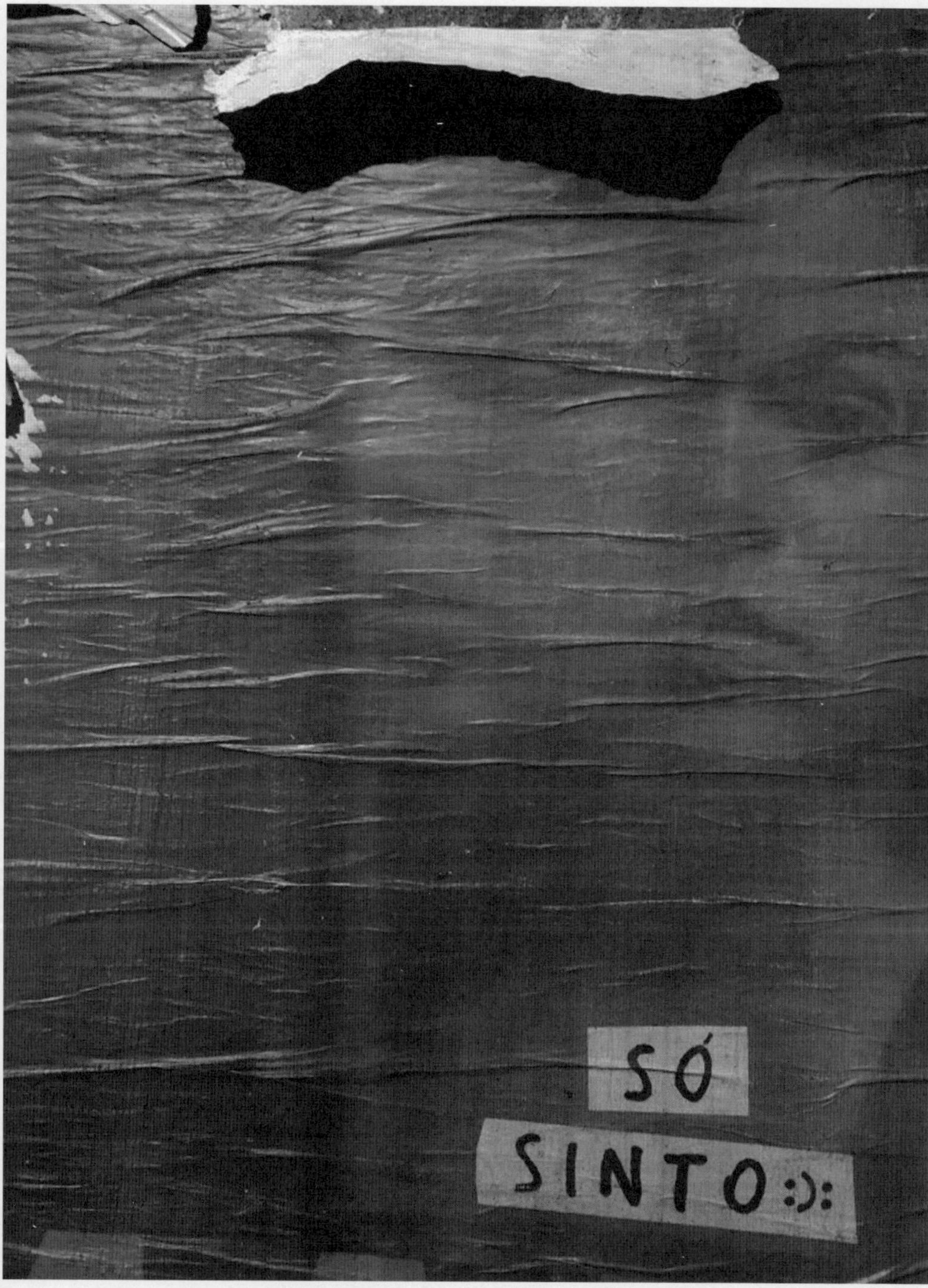
SÓ
SINTO :):

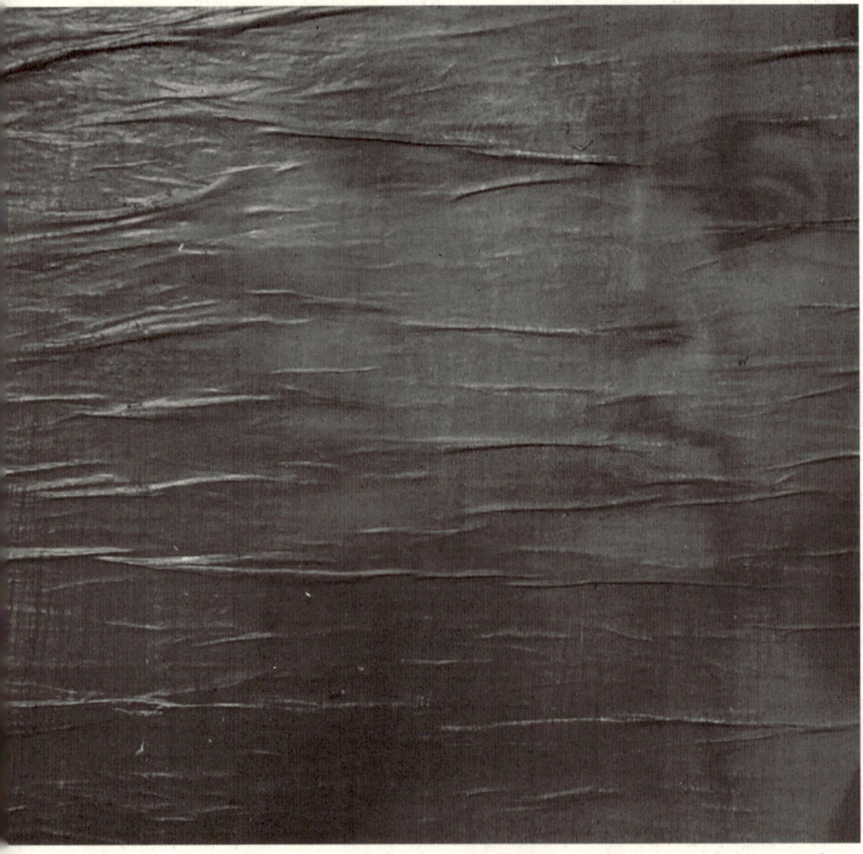

chapa quente

(anamorfoses)

ÁGUA FORTE CARIOCA (ANAMORFOSE) 1

toda cidade é uma pérola impura
tantos corpos estranhos a penetram
e movem as moendas que secretam
concreto-nácar sobre as almas dura-
mente acossadas quando só esperam
um futuro a prazo que a força bruta
das catracas biométricas decupa
em frames frenéticos o devan-
eio das células aprisionadas
pelos dispositivos de controle
como o cimento e a cal na argamassa
recobrem nossos corpos como fosse
um áspero reboco tal e qual
a pérola barroca do real

toda cidade é impura
corpos a penetram
e secretam
nácar sobre as almas
acossadas quando esperam
que a força bruta
das métricas
em frames frenético

controle

nossos corpos
tal e qual
a pérola do real

ÁGUA FORTE CARIOCA (ANAMORFOSE) 2

os filhos e os netos da loba não
estão mais anexando terra alheia
pegadas palmilhando pedra e areia
cada *uerruca*, estreita ruga no chão
espreita todo tropeço e permeia
os medos de quem sente a legião
ritmando suas passadas que verão
o abismo do futuro em cada veia
porque o contemporâneo é uma névoa
e dos efeitos nascem os afetos
quando tudo é derrapagem e mero
desvio que a nenhum lugar nos leva
porque impérios serão sempre miragens
que nos desviam para além das margens

os filhos não
estão mais
palmilhando pedra e areia

todo tropeço
de quem sente

o abismo do futuro
é uma névoa

quando tudo é mero
desvio que nos leva
sempre
além das margens

ÁGUA FORTE CARIOCA (ANAMORFOSE) 3

territórios detonados, cidades
são os restos que a máquina de guerra
deixou pelas quebradas Nessa espera
pelo fim, aspirando o pó na laje
nossos fuzis apontam pra quem erra
do alto dos Céus, cego como quem abre
o Livro dos Dias (dos desastres)
e não desfere um golpe sequer nessa
bagaça, deixa correr o rolê
dos que mandam no asfalto e em seus blindados
flertam com as fronteiras do nosso atraso
e desse limiar que não se vê
confina a nossa vida ao labirinto
do qual o monstro nos observa, rindo

cidades
são os restos que a guerra
deixou Nessa espera
aspirando

o alto dos Céus quem abre

essa
bagaça

flerta com nosso atraso
e não vê
o labirinto

CORPO

É
PRECISO
ESTAR
VIVO
PARA
VIVER
OPEN SOCIETY
FOUNDATIONS

AMOR

MARCELINHO

Grupo Conexão G
de Cidadania LGBT
Moradores de Favelas
AMOR
RESISTIR
PARA
EXISTIR
CORPO

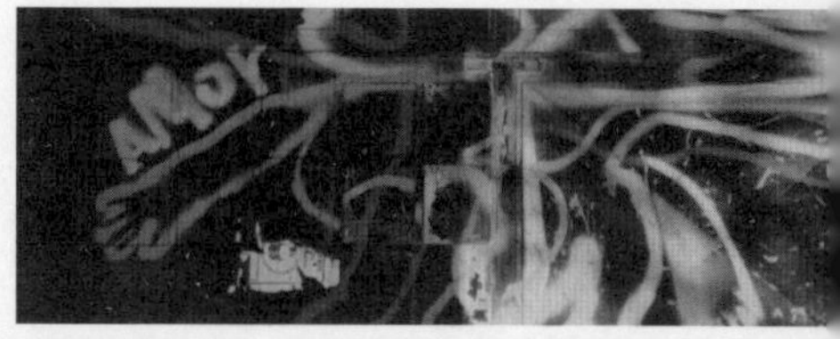

NUMERO
2204

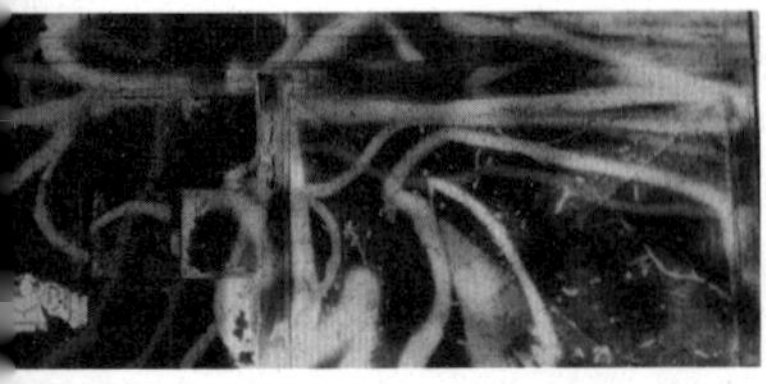

o afeto que se encerra

PARADISE PARK PRAYER

– descer da ilusão como quem sai de um trem lotado na estação subterrânea
– dar saltos mortais ao redor do próprio centro incerto sem um traço de vertigem
– esperar do espírito as alegrias do corpo e do corpo as do espírito
– esperar que no fim das contas exista isso a que chamam espírito
– comprar um bilhete sem volta pra Pasárgada sabendo que ela não existe
– colecionar desastres como borboletas secas presas por um alfinete torto
– arrancar a metafísica como um gânglio supurado
– nunca mais olhar no retrovisor
– quebrar o retrovisor
– restar na periferia e não se importar com isso porque este cu do mundo é o seu centro
– falar sempre em dialeto feito um hipopótamo sozinho na piscina do zoológico
– conversar com as paredes esperando sinceramente que elas respondam
– acreditar em respostas
– acreditar em alguma coisa apesar dos fatos
– expelir sua profundidade como um vômito sobre a superfície absoluta de tudo
– abortar a melancolia como tinta negra nas paredes que forem brancas

- acordar de vez a fera no labirinto do corpo só para medir forças com ela
- andar a prumo sobre um mundo que gira em falso
- se o chão desaparecer agarrar-se pelo pescoço à corda das certezas

A DANÇA

isto aqui é música: você tem
que arrancar do vento um jeito
de fazer o pensamento dançar, corpo
vagando congelado
sobre a superfície, a fina membrana é uma blindagem
branca, protege você
do mistério
e aí se pode ler vazio, plenitude,
entreposto, cais
de rejeitos, entropia, qualquer
coisa Isto aqui é música, o pensamento
tem que dançar com seus sapatos
cinzas até que apareça
uma rasura na pele
do mistério que seus olhos
estão tocando neste instante, esta
aí, em suas
mãos, e isso seja roteiro,
mapa, acesso
ao que vibra em suspensão, como se respirasse,
muito além da fronteira
dura.

ALVO MÓVEL

todos os projéteis são tristes
e outro pesadelo
-poema
me atinge
conta-gotas de ácido
no oceano
sem fim
nem fundo
desta noite ocidental
onde a membrana
do sono
/tabula rasa/
fragmenta
o sentido
e me traz
de volta
aqui

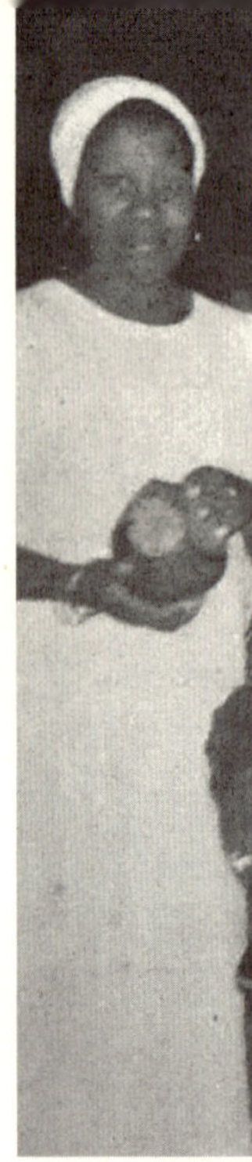

EXU TE AMA

QUEIMA DE ARQUIVO (epílogo)

o que daqui se desenrola:
fio tenso
p__a__v__i__o
até a dinamite
do passado
perdida num século
explosivo por si
mesmo, combustível
fóssil da memória
que abre
a brecha
no lacre dos
calendários por
onde os estilhaços
passam
até atingir
e incinerar
depois da implosão
a carne do seu
pensamento, ferida
que lateja quando reflete
a própria imagem
na sua contra-
face, a paisagem.

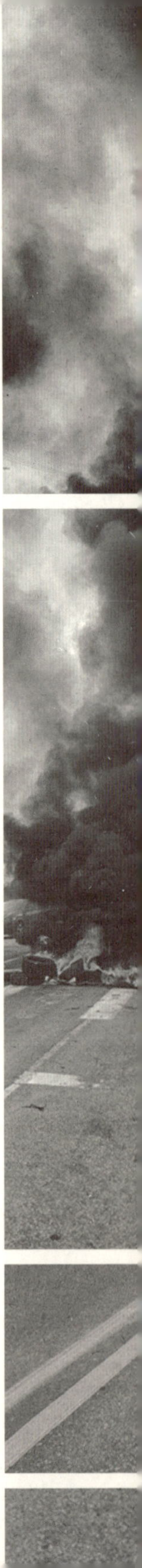

(LÁ) DENTRO

em ti retinam sombras
e a luz-espaço
entre a razão já deslocada
a um deslugar onde há
esperas todas desarrumadas esperas
ilícitas azuis
faustas esperas burilando outras
esperas desmesuradas e
ásperas assim
assim
esperas

ARS POETICA

se não tiver a ver com o real, esqueça.

POSFÁCIO
por Leonardo Almeida Filho

O poeta sórdido – Nuno Rau e a "Prosa da cidade"

> *O mundo é a minha representação. – Esta proposição é uma verdade para todo ser vivo e pensante, embora só no homem chegue a transformar-se em conhecimento abstrato e refletido.*
>
> ***O mundo como vontade e representação,***
> ***Schopenhauer***

Em seu poema "Mãos dadas" (in *Sentimento do mundo*, 1940), Carlos Drummond de Andrade confessa que *O tempo é a minha matéria, o tempo presente, os homens presentes*, profissão de fé compartilhada por Manuel Bandeira que, em sua "Nova Poética" (in *Belo, belo*, 1948), espera que a poesia contenha *a marca suja da vida*. O poeta carioca Nuno Rau, no seu novo livro, cujo título, intencionalmente, promove uma pequena confusão de gêneros, "Prosa da cidade", parece atender ao chamado dos vates modernistas. Nessa valiosa coletânea de versos, o leitor atento observará que os poemas reunidos por Nuno trazem essa *marca suja*, calcada sim, no tempo presente, nos homens presentes, na vida presente de sua cidade, São Sebastião do Rio de Janeiro. Mas, se para Drummond, no mesmo poema, não interessa *a paisagem vista da janela*, para Nuno Rau é justamente no espaço urbano, que sua visão abraça, onde se encontra o mote para os poemas que construiu.

Nuno Rau, meus amigos, é um *poeta sórdido*, como previra Bandeira, pois seus versos se deixam marcar pela sujeira das ruas de sua cidade, e essa marca impressa nos revela um poeta atento aos detalhes que se projetam no espaço, no grafite das ruas, nas mesas dos bares, nos trilhos do metrô, nos barcos atracados. Ao contrário do saudosismo lírico presente nos versos de Bandeira com relação à sua querida Recife, ou nos de Drummond e sua Itabira, ou mesmo nos de Gullar e sua São Luiz, o Rio de Janeiro de Nuno Rau se mostra em sutilezas ao olhar do poeta como alegoria do cosmo, como simulacro de desejos e ânsias insatisfeitos do sujeito que observa atentamente as ruínas, as ruas vazias, as marcas da decrepitude, os botequins, o lusco-fusco da Lapa, o corre-corre de funcionários públicos e suas vidas de autômatos sob os 40 graus diários da urbe, a paisagem distante daquela dos cartões postais e das milhões de fotografias diárias da babelical cidade.

Gaston Bachelard, teórico da cultura atualmente esquecido, mas que teve seus momentos de hegemonia na hermenêutica literária, em seu clássico "A poética do espaço", publicado em 1958, constrói uma narrativa interessante ao colocar a casa como alegoria do universo e do homem, suas partes (quarto, sala, sótão, porão) e as partes dentro das partes (gavetas, armários) como instâncias projetivas do sujeito no mundo. A poesia de Nuno Rau explode esse exercício hermenêutico e intencionalmente abraça a cidade como organização cósmica do sujeito, do poeta.

Paisagem de cidades imaginárias
Amhearst,
Stratford-upon-Avon, Nishapur,
Lisboa, Itabira, Buenos Aires, São Paulo,
Málaga, Nova York, Salvador, Pasárgada,
Recife, São Luís, Porto Alegre, Rio de Janeiro,
e você aí nessa cidade-fantasma
com o braço erguido
em frente ao muro, no espaço
do instante em que o grafite
incompreensível que sua mão
projeta é toda a sua
vida.

A relação entre os poemas e as paisagens captadas pelo poeta não é direta ou facilmente identificável. Há na composição dos versos, evidentemente, um exercício, às vezes inconsciente, que se alimenta das imagens iconográficas para a construção de uma arquitetura poética original. Poeta algum domina completamente a sua pena que, por mais fria e calculada a construção de seus versos, deixa vazar elementos latentes nos conteúdos manifestos. O escritor se deixa escorregar na palavra e se mostra, mesmo quando se esconde, como revela o poeta Fernando Pessoa: *O poeta é um fingidor... chega a fingir que é dor a dor que deveras sente*. Quando o poeta diz lata, canta Gil, pode estar querendo dizer o incabível. Quando Nuno escreve sobre uma imagem que remete ao entorno da rodoviária Novo Rio, pode estar querendo dizer outra viagem, fruto da memória, a do corpo e da mente, num evidente concerto barroco poético que, unindo carne e espírito, tenta mascarar o desejo num sonho, como em "Domingo, mesmo":

com o que sonham as meninas que só são inocentes
quando sonham, seria melhor
me disfarçar em bárbaro de botequim, um rebelde
medíocre no restaurante sacando o pau na frente
de senhoras semiescandalizadas porque
ainda não perceberam de que o escândalo
foi revogado há tempos,

Estudos geoliterários apontam para uma relação muito íntima entre o desejo – e aqui me refiro às instâncias de Eros, em contraposição a Tânatos – e a projeção do sujeito criador no espaço, na paisagem. Fica evidente para alguns teóricos, por exemplo, o porquê de a natureza ser, para os românticos, uma projeção do gênio: tempestuosa e escura para sentimentos de revolta, de fúria, de violência; amena para corações suaves, amores correspondidos; ensolarada para a alegria latente, quando pássaros cantam na alma. A poesia de Nuno Rau não abraça o romantismo, não escolhe caminhos previsíveis, foge de clichês, ela extrai do espaço, da observação crítica das coisas, um outro "Matiz", pois o poeta, filho de seu tempo, avança pelo século sabendo que:

não dá pra chamar de plúmbeo este céu, tampouco
argênteo, que um
afunda a sua dor num espectro
engalanado e o outro
aspira a um brilho que
não tem e assim
disfarça o céu que é por tudo cinza,
apenas cinza em sua solidez e lixa

em nossos olhos o que a superfície opaca e rarefeita
aflora de áspero: resíduo, pó, rescaldo
de um incêndio, também chamado, às vezes,
vida.

A paisagem mantém com o poeta uma relação dúbia: por um lado, dá ao poeta o mote para os versos; por outro, arranca do poeta sua paisagem interior. Quem, no final da história, observa quem? E é a vida, em todas as suas faces, que o poeta aborda com seus versos prosaicos, tendência da poesia contemporânea, cheios de tensão, de imagens acachapantes e onde pulsa a verve de um criador antenadíssimo, de grande sensibilidade e empatia. Há muitos poetas escrevendo sob a cartilha da prosa poética, mas há um diferencial que afasta Nuno Rau da grande maioria desses poetas: em primeiro lugar, a constatação de um caráter híbrido e indefinível em alguns de seus poemas que, aparentemente, numa primeira leitura, se apresentam como uma espécie de textos em prosa quebrada, mas que, numa mirada mais profunda, se deixam perceber como constructos nada aleatórios de versos que não se enquadram inteiramente em qualquer conceito generalista. Nuno Rau é um poeta cioso e ciente de sua arte. Aí o frescor de sua poesia e a sua originalidade. Em segundo lugar, a existência de um *punch*, uma pegada visceral crítica que fustiga sem piedade os homens presentes, a vida presente. Seus poemas são espécies de pequenos manifestos amargos que, a pretexto de inserir o homem em sua paisagem, extraem daí, projetada, a seiva mesma do desespero, do desencanto, da crítica ferrenha ao capital, à pequena burguesia e seus pequenos sonhos. Em "Os túneis sucessivos do metrô", o poeta nos confessa:

[...] e você acaba
de lembrar que detesta poemas que confessam
qualquer coisa, como este, enquanto formulam
digressões, e olha sem esperança pelo vidro
paisagens imaginárias que seu desejo projeta

É sintomático o fato de o narrador do poema se encontrar sob a terra, deslocando-se sobre trilhos que não veem a luz do sol, numa espécie vertiginosa de caverna platônica, onde, farto de migalhas, projeta o seu desejo, sua vontade e o seu sonho de atingir a claridade ensolarada da rua. O poema é uma grande alegoria do homem sobre a terra, seguindo sua trajetória num trilho invisível, que o impossibilita de fugir às circunstâncias da escuridão. Exatamente como os "homens--parafuso" de Graciliano Ramos, sujeitos fadados a girarem, girarem, fixos, no mesmo lugar. Nuno Rau anseia, com seus versos, fugir à armadilha do real, construindo com vontade a representação de um mundo possível que resgate o homem de sua pequenez. Num outro poema, "Um artefato acende os edifícios da praça quando explode", que não por acaso também se liga à imagem do metrô, o poeta se aflige e declara:

[...] tudo parece explodir Não: não parece Tudo
explode e voam estilhaços que são lâminas no céu
das suas certezas Sim, agora você já pode se perder
de si pela cidade – essa antologia
infinita, sem fronteiras
nem bunkers

Há, inegavelmente, uma elegância na arquitetura poética, no esmero com o qual o poeta elabora cada um de seus versos, que se manifestam no requinte da seleção vocabular, na construção de frases que surpreendem pelas imagens que nos pegam de surpresa. Percebemos a riqueza nesse catálogo de estranhamentos, como em "Ceticismo das imagens":

ela recita seu catecismo de imagens
alucinógenas tirando anêmonas dos dedos
dentro da noite metafísica e você tenta
seguir de perto suas impressões
digitais quando deslocam lentamente
a pele fina das palavras e riscam
outra natureza sob a natureza como
se um útero respirasse nos abismos
e o oco das bocas unidas [a dela
e a sua] enterrasse minas pelas orlas
do tempo se despregando das palmas
que você quer impressas na carne
ali onde ela pulsa mais e explode:

Curioso como se dá o tratamento de determinados temas em seus poemas. Por exemplo, em "Mesmo os motéis baratos andam às moscas", a presença da culpa judaico-cristã é latente, encharca os versos com sua marca, está na sujeira de um quarto na Gomes Freire, está no sujeito que o procura. É um poema genuinamente barroco, que oscila entre a danação e a redenção, o prazer e o pecado, em versos que se querem friamente prosaicos, mas que apresentam uma tensão tremenda de instâncias humanas em equilíbrio e oposição:

que recita sutras intermináveis O centro
não existe, e os holofotes de outro par

de olhos lançam você num universo sem deus
onde aquelas flores sempre sem caule espreitam
na terra amiga o desejo da seiva,
da casa, ao som da última esperança e do cântico
dos cânticos tangido pelos anjos
do inferno O abismo da orla desses olhos é um
dos orifícios por onde
você avança, dança
e cai

Em "Os outdoors estão todos apagados pelas autoestradas", o próprio título já é uma grande inversão de sentido, um jogo no qual se pretende criar a implosão da lógica, uma nova perspectiva racional, uma grande sacada, um nó que se desata na belíssima imagem:

você parece pensar que
é pergaminho este pedaço de pele
do meu braço quando me roça
com os dedos, um pouco abaixo
do ombro: seria
lindo este gesto vinte anos atrás, nem
é exato assim, um pouco menos talvez, só sei
que a vida percorria trilhas de vinil
e às vezes dava saltos, definitivamente
arranhada e tão
fundo que
não se podia mais juntar as duas
partes da melodia, [...]

Nuno Rau une o cerebralismo frio, quase matemático, da linha de um João Cabral, de um Joaquim Cardozo, à emoção contida, mas não eliminada, de um Drummond, de um Jorge de Lima, passando pela pegada crítica de um Mario Faustino. Seu domínio da arte poética se mostra desde o precioso "Mecânica Aplicada", e onde já se destacava sua habilidade na construção de formas fixas, como sonetos, que trazem fumos de tardomodernidade, como define o poeta. Sua apropriação da forma petrarquiana é impressionante, pois, sem abrir mão da técnica que o soneto exige, revigora a sua escritura, modernizando-a. Aliás, essa preocupação formal se faz perceber também no catálogo de poemas deste "Prosa da cidade". Nuno investe na arquitetura de versos polimétricos brancos, falsamente livres, que eliminam a pontuação, incluem maiúsculas no meio dos versos, violentam o código convencional da grafia. Recurso interessante, utilizado com muita originalidade e propriedade.

Poemas, como qualquer produção cultural (quadros, esculturas, aquarelas, música, performances, etc...), nunca se oferecem passivamente à leitura. Naturalmente, nossa atenção se projeta em maior ou maior grau sobre o artifício lírico de tal forma que, queiramos ou não, acabamos por escolher esse ou aquele como predileto (sem qualquer juízo de valor). É o caso de "Neolib": um poemaço! Chamem como quiserem, poema de circunstância, poema datado, poema engajado, o que for, mas nada vai retirar dessa pequena obra-prima a beleza visceral de seus versos, que jogam luz em eventos decisivos da história recente do país. A maneira como Nuno Rau constrói o início da grande queda e a ascensão da elite amarga desses trópicos tristes é tocante. A sacada do movimento pendular a partir do mote "classe", em seus sonhos, desejos, pesadelos, projetos... marcando o trajeto da história, apontando para o destino trágico que nos reservou o passado recente, muito além do umbigo do pequeno burguês e seus sonhos, desejos, pesadelos, projetos... é muito sagaz, inteligente. A poesia de Nuno Rau, suja pela poeira das ruas, a tal *nódoa no brim* que nos cantava Bandeira, nos faz, a nós leitores satisfeitos, *dar o desespero*. Esse é um sinal da grande literatura:

ando pela avenida atordoado com meus desejos
de classe e converso com um desconhecido
amigo que trabalha em frente à mesma
janela de onde vejo a torre órfã de uma igreja
em cujo topo uma mulher pisa a orbe
diminuta como são diminutos os meus sonhos
de classe mediados por páginas que querem que eu
veja as coisas como as coisas realmente são
do jeito que nelas aparece sob a fina membrana
ou névoa que a tudo envolve enquanto salta
do papel um sorriso platinado e úmido
que me desvia os sentidos do medo que sinto
que da curva abrupta da próxima esquina
pulem na minha frente os meus pesadelos
de classe na forma de garotos armados
até os dentes cariados que entopem bocas
falando dialetos que não entendo e empunhando
lâminas pra riscar a verdade bem fundo
em minha carne.

Em "Aqueles tijolos de um vermelho antigo sangram no bairro industrial" os versos não disfarçam a presença do anjo da história de Benjamin, o *anjo se arrasta pela calçada e sonha com a ruína*. Sim, a ruína que está na paisagem diante do olhar atento do poeta, mas que na verdade é também projeção de sua relação consigo, com a cidade, com os outros. A paisagem interior que acaba refletindo no que os olhos veem, também ruína, é chaga, é a velha pedreira de um coração "Mineral" que pressente o elemento trágico de nossos destinos: o descarte nessa civilização que construímos:

> *[...] matéria*
> *do sonho que continuamente se dissolve, emulações*
> *e mímeses frenéticas de poemas que são apenas*
> *novas ligas conferindo forma ao vazio impenetrável*
> *entre as moléculas do que outrora foi mero detrito,*
> *borra dos séculos, resíduo sob a camada estéril*
> *e agora segue em lotes até as distribuidoras para*
> *alimentar o consumo, até o momento de seu descarte.*

Brasília, abril de 2022 LAF

CINE VAZ LOBO
VENDO HERANÇA
VENDO HERANÇA

VENDO HERANÇA
VENDO HERANÇA
VENDO
HERANÇA
VENDO HERANÇA

PÓS-POLÍTICA LITERÁRIA

O poeta da varanda gourmet
discute com o poeta da calça de veludo
qual deles é capaz de tirar mais ouro do nariz.

Enquanto isso o poeta do mercadão de madureira
faz o seu churrasquinho na laje.

CHARME
CHARME
CHARME

CHARME
CHARME
CHARME
CHARME
CHARME

Como referido na (quase) advertência que está nas páginas de abertura deste livro, ele nasceu de minha interação com a cidade, das imagens que capturei e das palavras que nelas encontram ecos. Em meio a esses registros, muitos grafites se tornaram parte do olhar que compartilho nestas páginas. São expressões potentes que ressignificam os espaços urbanos, transformando muros e paredes em telas de arte pública.

Infelizmente, em todos os casos, não consegui identificar os(as) autores(as) dessas obras. Gostaria imensamente de poder nomeá-los(as), reconhecendo sua criação e deixando registrado seu trabalho nas reimpressões e futuras edições deste livro.

Se você conhece algum(a) dos(as) artistas cujas obras aparecem aqui, por favor, entre em contato comigo. Será um prazer dar os devidos créditos e seguir construindo essa ponte entre a poesia e a arte urbana.

Agradeço desde já qualquer informação que possa contribuir para essa justa homenagem.

e-mail: nuno.rau@gmail.com
Facebook: www.facebook.com/nuno.rau
Instagram: @nunorau

Há cem anos nasciam Malcom X e B.B. King, e era fundada a Biblioteca Mário de Andrade. George Bernard Shaw ganhava o Nobel, que, a princípio, recusou. Os cem anos de que lá pra cá transcorreram perfazem um século para ser visto de olhos fechados: guerra pura com alguns intervalos de paz, ensejos de democracia, uma catastrófica ascensão dos fascismos, e, depois de novo interlúdio, uma onda querendo nos afogar outra vez no mesmo oceano turvo e gélido. Contra isso, a poesia. Eles não gostam de poesia, a menos instrumentalizável entre todas as artes.

Esta obra foi composta em Sabon, em
fevereiro de 2025, para a Editora Patuá.